1. Auflage 1995

CIP-Titelaufnahme der Deutschen Bibliothek

Klaus Baumgart
**Schweinerei**
Lektorat: Dr. Irene Kunze
Wien – Stuttgart: Neuer Breitschopf Verlag

Alle Rechte, auch die des auszugsweisen Nachdrucks,
der fotomechanischen Wiedergabe, der Übersetzung und
der Übertragung in Bild- und Tonstreifen, vorbehalten.

© Copyright 1995 by hpt-Verlagsgesellschaft m. b. H. & Co. KG, Wien

ISBN 3-7004-3569-X

# SCHWEINEREI
## Klaus Baumgart

Friederike ist ein ganz normales Schweinchen.
Doch manchmal hat sie das Gefühl,
daß sie anders ist als die anderen Schweine.
Wenn die anderen Schweinchen eine richtig
schöne Schlammschlacht mit ihr machen wollen,
schaukelt Friederike lieber gemütlich
in der Sonne.

Dösen die anderen Schweinchen
träge in der Sonne,
tanzt Friederike Ballett.

Auch um die Wette quieken
ist nichts für Friederike.
Da spielt sie lieber auf ihrer Geige.

Friederike zieht es vor,
ihre Briefmarken zu sortieren,
während die anderen Schweinchen
Kirschkernweitspucken üben.

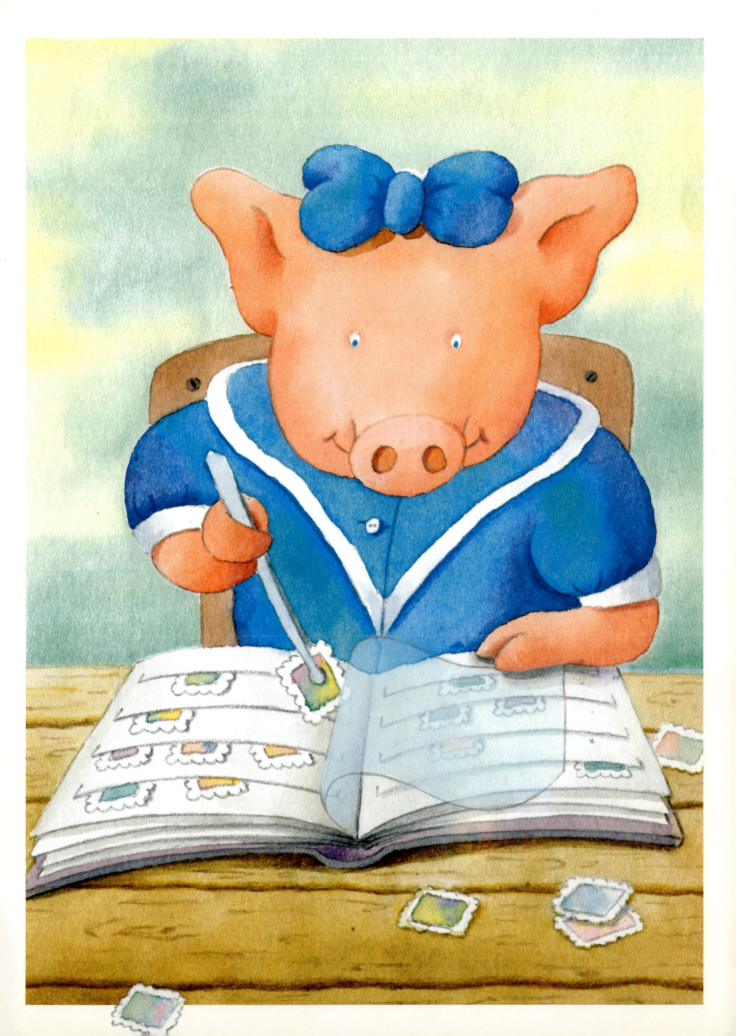

Sogar die Eßgewohnheiten sind sehr verschieden.

Manchmal steht Friederike am Schlammloch und schaut zu, wie die anderen Schweinchen übermütig planschen.

„Vielleicht sollte ich es ja auch einmal versuchen",
denkt sie, „aber in dem schmutzigen Schlammloch…?"

In der Nacht vor ihrem Geburtstag liegt Friederike lange wach.
„Wie soll ich bloß mit den anderen Schweinchen an meinem Geburtstag zusammen spielen?" überlegt sie.

Leise schlüpft sie aus ihrem warmen Kuschelbett.

Sie zittert ein bißchen vor Aufregung, als sie mitten in der Nacht

zum Schlammloch geht.

Dort angekommen, schaut sie sich noch einmal ihren Lieblingsschlafanzug an und denkt: „Soll ich wirklich?"

Aber dann nimmt sie ihren ganzen Mut zusammen und springt…

Nach einem tollkühnen Sprung liegt sie mitten im Schlammloch und fühlt sich schweinchenwohl.

Am nächsten Morgen kommt sie schmutzig, aber glücklich nach Hause.

Sie traut ihren Augen nicht, als ihr die anderen Schweinchen, frisch gebadet und in ihren feinsten Sachen, gegenüberstehen.

Sie müssen alle laut lachen, und dann stürzen sie sich auf die Geburtstagstorte, wie es eben nur richtige Schweinchen können.

Aber das Geigespielen haben die anderen Schweinchen nie richtig gelernt.